Text und Idee: Martin Grolms
Gestaltung und Illustration: Annika Kuhn

Alle Rechte, einschließlich derjenigen des auszugsweisen Abdrucks sowie der fotomechanischen und elektronischen Wiedergabe, vorbehalten.

© Gruhnling Verlag, Aachen, 1. Auflage 2023
In Deutschland gedruckt und gebunden

LeopOld

ist nicht müde

Leopold ist ein Löwe. Ein kleiner Löwe.

»Gute Nacht«, sagt Mama am Abend.
»Du solltest jetzt schlafen gehen!«,
findet auch Papa.

Der kleine Löwe schimpft.
»Ich bin noch gar nicht müde«,
mault Leopold. »Ich muss überhaupt
nicht machen, was andere sagen!«

Leopold spielt die ganze Nacht.

Für das Frühstück braucht er heute länger als sonst.

Leopold singt etwas leise.

Sein Turm hat weniger Bausteine.

Er schaukelt nicht so hoch.

Leopold malt nur mit einer Farbe.

Er ist auch nicht ganz mit seiner Sandburg fertig geworden.

Er hat sich sogar einmal weh getan.

Die anderen Kinder rennen schneller.

Beim Klettern
wurde er abgelenkt.

Leopold hat ein super Versteck gefunden.
Niemand findet ihn.

Als ihn seine Eltern vom Kindergarten abholen, erzählt er heute nicht so viel.

Bei der Gute-Nacht-Geschichte
schläft er sofort ein.
Und das fühlt sich
schön an.

Gute Nacht kleiner Leopold.

Kinderbuchverlag

Bücher mit Herz und Verstand
ökologisch, frech & fair

Der Gruhnling Verlag aus Aachen bietet seit 2014 Kinderbücher mit Herz und Verstand. Eine humorvolle und anschauliche Sprache sowie fröhliche und liebevolle Illustrationen laden zum Entdecken und Lachen ein. Kommunikation auf Kindernasenhöhe.

Der Gruhnling Verlag achtet auf konsequente CO_2 Minimierung, arbeitet lokal und regional, druckt in Deutschland, benutzt ausschließlich Ökostrom und versendet klimaneutral. Die Lacke und Farben sind ökologisch einwandfrei und werden ordnungsgemäß entsorgt. Beim Papier legt der kleine Verlag größten Wert auf Qualität und zertifizierte Herkunft der Rohstoffe.

www.gruhnling-verlag.de

Martin Grolms

Martin hat schon einige Bücher für Kinder geschrieben. Er lebt in Aachen, hat drei Kinder und stammt gebürtig vom Niederrhein.

1998 kam er in die schöne Kaiserstadt. An der RWTH hat er Maschinenbau und Kommunikationswissenschaft studiert.

Seit vielen Jahren arbeitet Martin als Journalist, Redakteur und Autor. Er erklärt komplizierte Dinge so, dass sie jeder und jede versteht, große und kleine Leute.

www.martin-grolms.de

Annika Kuhn

Annika ist freie Illustratorin, Grafikdesignerin und Mutter. Zusammen mit Martin entwickelt sie Kinderbücher, die sie im eigenen Gruhnling-Verlag veröffentlicht.

Annika ist in Münster geboren, am Niederrhein aufgewachsen und ging 2005 zum Studieren nach Aachen, wo sie immer noch wohnt. 2010 machte sie ihr Diplom in Illustration und Grafikdesign.

Unter dem Label »Printe« vertreibt sie ihre Motive sowie die Bücher, die sie illustriert.

www.PrinteShop.de